BIBLIOTHÈQUE SPÉCIALE DE LA SOCIÉTÉ
DES
AUTEURS ET COMPOSITEURS DRAMATIQUES

LES CURIOSITÉS DE JEANNE

COMÉDIE EN UN ACTE

PAR

M. Eugène VERCONSIN

PARIS
E. DENTU, ÉDITEUR
Libraire de la Société des Auteurs et Compositeurs dramatiques
ET DE
la Société des Gens de Lettres.
PALAIS-ROYAL, 17 & 19, GALERIE D'ORLÉANS.

1870

Adrienne Lecouvreur, comédie-drame en 5 actes, par MM. Scribe et E. Legouvé. Grand in-8. » 60

L'Affaire de la Rue Quincampoix, comédie en un acte, par MM. Dupin et Clairville. 1 »

L'Affaire est arrangée, comédie en un acte de MM. E. Cadol et W. Busnach. 1 »

Nos Alliées, comédie en 3 actes, de M. Pol Moreau. 2 »

L'Ange de mes rêves, vaudeville en 3 actes, par MM. Varin et Michel Delaporte. 1 »

L'Auteur de la pièce, comédie-vaudeville en un acte, de MM. Varin et Mic. Delaporte. 1 »

L'Automne d'un Farceur, scènes de la vie conjugale, par MM. Ed. Brisebarre et Eugène Nus. 1 »

Autour du Lac, comédie en un acte, par MM. Crisafulli et Jules Prevel. 1 »

L'Avocat des Dames, comédie-vaudeville en un acte, de MM. H. Rimbaut et R. Deslandes. 1 »

La Bergère de la rue Monthabor, comédie-vaudeville en 4 actes, de MM. Eugène Labiche et Delacour. 2 »

Les Bienfaits de Champavert, comédie-vaudeville en un acte, par M. Henri Rochefort. 1 »

La Bonne aux Camélias, vaudeville en un acte, par MM. Hector Crémieux et Jaime fils, in-18. 1 »

La Botte d'Asperges, vaudeville en un acte, par MM. Thiéry et Bedeau. 1 »

Le Bouchon de carafe, vaudeville en un acte, de MM. Dupin et Eugène Grangé. 1 »

Le Cadeau d'un horloger, vaudeville en un acte, par M. Hippolyte Rimbaut, in-18. » 60

La Cagnotte, comédie-vaudeville en 5 actes, de MM. Eug. Labiche et A. Delacour. 2 »

Les Calicots, vaudeville en 3 actes, par MM. H. Thiéry et Paul Avenel, in-4. » 50

Le Canard à trois becs, opéra-bouffe en 3 actes, paroles de M. J. Moinaux, musique de Jonas, in-18. 1 50

Le Carnaval d'un merle blanc, folie parée et masquée en 3 actes, par MM. Chivot et A. Duru. 2 »

Célimare le Bien-Aimé, comédie-vaudeville en 3 actes, de MM. Labiche et Delacour. 2 »

Les Chambres de Bonnes, vaudeville en 3 actes, par MM. Hippolyte Rimbaut et Raimond Deslandes, in-18. 1 50

La Chasse au Bonheur, comédie en un acte, par M. Adrien Decourcelle. 1 »

Les Chemins de fer, comédie-vaudeville en 5 actes, par MM. Eugène Labiche, Delacour et Adolphe Choler, in-18. 2 »

Les Chevaliers de la Table Ronde, opéra-bouffe en 3 actes, paroles de M. H. Chivot et A. Duru, musique de M. Hervé, in-18. 1 50

Chilpéric, opéra-bouffe en 3 actes, paroles et musique de M. Hervé. In-4. » 50

Cinq cents francs de récompense, vaudeville en un acte, par MM. Siraudin et V. Bernard. 1 »

Le Choix d'un gendre, pochade en un acte par MM. E. Labiche et Delacour, in-18. 1 »

La Chouanne, drame en 5 actes et 10 tableaux, par MM. Paul Féval et H. Crisafulli, in-18. 2 »

La Comédie de la vie, scènes parisiennes en 5 actes, par M. Ed. Brisebarre. 1 »

Le Comité de lecture, comédie en un acte, en vers, par M. Léon Bertrand. 1 »

La Commode de Victorine, comédie-vaudevi[lle] en un acte, par MM. E. Labiche et E. Marti[n]

Le Comte d'Essex, drame historique en 5 acte[s] par M. E. Couturier. In-4. » 5[0]

Les Contributions indirectes, comédie vaudevil[le] en un acte, par M. Henri Thiéry. 1

Le Corricolo, opéra-comique en 3 actes, parol[es] de MM. Eugène Labiche et Michel Delacou[r] musique de M. E. Poise, in-18. 1

Un Coup d'éventail, comédie en un acte, pa[r] MM. Charles Nuitter et Louis Dépret, in-1[8]. 1

Les Couteaux d'or, drame en 5 actes et 8 ta[bleaux], par M. Ferdinand Dugué, tiré du ro[man] de Paul Féval, in-18. 1 5[0]

Les Curiosités de Jeanne, comédie en un act[e] par M. E. Verconsin. 1

La Dame aux giroflées, comédie-vaudeville en u[n] acte, par MM. Varin et M. Delaporte. 1

La Dame au petit chien, comédie-vaudeville e[n] un acte, par MM. Labiche et Dumoustie[r]. 1

Une Dame du lac, comédie-vaudeville en un acte par M. Adrien Choler. 1

Le Dernier jour de Pompeï, opéra en 4 actes paroles de MM. Nuitter et Beaumont, musiqu[e] de M. Victorin Joncières, in-18. 1

Le Dernier Couplet, comédie en un acte, pa[r] M. Albert Wolff. 1 »

Le Docteur Crispin, opéra-bouffe en 4 actes, paroles de MM. Nuitter et Beaumont, musique des frères L. et F. Ricci. In-18. 1 50

Le Dossier de Rosafol, comédie-vaudeville en un acte, par MM. Labiche et Delacour. In-18. 1 »

Ernest, comédie en un acte, par MM. Clairville et Oct. Gastineau. 1 »

La Fee aux roses, opéra-comique en 3 actes, par MM. Scribe et de Saint-Georges, musique de M. Halévy. Gr. in-8. 1 »

Une Femme qui bat son Gendre, comédie-vaudeville, en un acte, par MM. Warin et M. Delaporte. 1 »

Une Femme, un Melon et un Horloger, vaudeville en un acte, par MM. Varin et M. Delaporte. 1 »

La Fiancée de Corinthe, opéra en un acte, paroles de M. Camille Du Locle, mus. de M. J. Duprato. In-18. 1 »

La Fiancée du roi de Garbe, opéra-comique en 3 actes, de MM. Scribe et de Saint-Georges, musique de M. Auber. 2 »

Le Fifre enchanté, opérette en un acte, paroles de MM. Nuitter et Tréfeu, musique de M. Jacques Offenbach. in-18. 1 »

Le Fils du brigadier, opéra-comique en 3 actes, paroles de MM. Eugène Labiche et A. Delacour, musique de M. Victor Massé, in-18. 1 »

La Fille bien gardée, comédie-vaudeville en un acte, de MM. E. Labiche et Marc-Michel. 1 »

La Fille de Molière, comédie en un acte, en vers, par Edouard Fournier. 1 »

Les Filles mal gardées, comédie en 3 actes, par MM. Varin et Michel Delaporte. 2 »

Les Finesses de Bouchavanes, comédie en un acte, mêlée de chant, par MM. Marc-Michel et Ad. Choler. 1 »

Fleur de Thé, opéra-bouffe en 3 actes, par MM. A. Duru et H. Chivot musique de M. C. Lecocq. 1 50

LES

CURIOSITÉS
DE JEANNE

COMÉDIE EN UN ACTE

PAR M. EUGÈNE VERCONSIN

Représentée, à Paris, sur le théâtre du Vaudeville, le 24 janvier 1870

PARIS
E. DENTU, ÉDITEUR
Libraire de la Société des Auteurs et Compositeurs dramatiques
ET DE
la Société des Gens de Lettres.
PALAIS-ROYAL, 17 & 19, GALERIE D'ORLÉANS.
1870

PERSONNAGES

—

MAXIME VERNON....................	MM. DELESSART.
GASTON DE GENSAC................	ST-GERMAIN.
VALENTIN, garçon de restaurant.......	DELANNOY.
LE PRINCE.........................	MARTY.
JEANNE, femme de Maxime............	Mmes GRIVOT.
CAMILLE..........................	BIANCA.

La scène se passe de nos jours, au café Anglais.

LES

CURIOSITÉS DE JEANNE

Élégant salon de restaurateur; porte au fond; patère à côté, un chapeau d'homme y est accroché ; au fond, dans le pan coupé de gauche, canapé, dressoir; toujours à gauche, au premier plan, une porte entr'ouverte sur un autre salon ; en se refermant cette porte laisse voir un verrou doré, très-apparent. Près de la porte une table à demi servie et sur laquelle il y a une carte, du papier, un crayon, deux chaises de chaque côté de la table. Au fond, dans le pan coupé de droite, une fenêtre, fermée à l'espagnolette, un fauteuil à côté; toujours à droite, au premier plan, une cheminée, avec glace et pendule, cordon de sonnette à côté; une causeuse est devant la cheminée.

SCÈNE PREMIÈRE

GASTON, VALENTIN.

(*Au lever du rideau, un grand bruit de voix se fait entendre dans le salon de gauche. Gaston en sort comme repoussé par les clameurs générales; il s'arrête sur le seuil de la porte et parle à la cantonade.*)

GASTON, *à la cantonade.*

Silence, mesdames, silence, l'amendement est adopté, nous ne serons pas treize à table.

VOIX, *au dehors.*

Ah! bravo!

GASTON.

Vous allez tailler un gentil bac en attendant qu'on nous serve; moi je vais chercher un quatorzième convive.

LES VOIX.

Vivat! vive le baron!

GASTON, *il repousse la porte.*

L'émeute est apaisée! Valentin, ces dames préfèrent le salon jaune; si pourtant personne ne demande celui-ci, laisse la porte de communication ouverte, nous aurons nos coudées plus franches.

VALENTIN.

Oui, monsieur le baron.

GASTON, *regardant sa montre.*

Il est onze heures à peine, j'ai le temps de passer chez Mariette... ou chez Coralie... si je ne les trouve pas, je reviens ici, et, la première femme jeune et jolie que je rencontre, je l'invite, ce sera drôle... Mon chapeau, Valentin... (*Valentin va chercher le chapeau de Gaston qui était accroché près de la porte du fond, à droite.*) Ah! si le prince Naoumoff et Camille arrivent avant mon retour, excuse-moi, et dis-leur que je reviens dans un instant.

VALENTIN.

Oui, monsieur le baron. (*Il lui donne son chapeau.*)

GASTON.

Gageons, Valentin, que tu ne croyais pas que ces dames du corps de ballet avaient le préjugé du quatorzième.

VALENTIN.

Oh! non! Elles ont si peu de préjugés, ces dames.

GASTON.

Pas mal. Seriez-vous philosophe, ô Valentin? (*Il sort par le fond sans écouter la réponse.*)

SCÈNE II

VALENTIN, *seul, croyant que le baron est encore là.*

Un peu, monsieur le baron. Quand on est garçon de restaurant depuis vingt années... et qu'on aime à observer... (*S'apercevant qu'il parle tout seul.*) Tiens! il n'est plus là. C'est bien la peine de questionner les gens. (*S'adressant à la porte par laquelle Gaston est sorti.*) Eh bien! oui, monsieur le baron, je suis philosophe, et la preuve, c'est que j'ai conservé des mœurs pures dans une profession aussi... excitante que celle de garçon de restaurant. On ne sait pas assez à quels spectacles nous sommes exposés, nous autres. On ne sait pas... Eh bien! non, les cascades de bon nombre de nos clients... et de nos clientes m'ont laissé froid. Leurs orgies m'ont vite écœuré, et aujourd'hui que j'ai presque atteint mon but — il ne me manque que cinq francs de rente pour compléter les trois mille francs que je m'étais fait une loi d'amasser... notre profession est lucrative, démoralisante, mais lucrative. — Aujourd'hui, je ne fais plus qu'un rêve : c'est de me retirer à la campagne, au sein de la nature, comme dit monsieur chose dans son feuilleton. (*Il montre un journal qui est dans sa poche. La porte du fond s'ouvre.*) Quelqu'un !

SCÈNE III

VALENTIN, MAXIME, JEANNE.

MAXIME.

Par ici.

JEANNE, *en domino bleu et musquée.*

On se perd dans ces corridors...

MAXIME, *ôtant son chapeau qu'il accroche à la patère qui est près de la porte du fond.*

Garçon, un monsieur, accompagné d'un domino, n'est-il pas venu demander monsieur Vernon?

VALENTIN.

Non, monsieur Maxime. (*Surprise de Jeanne.*)

MAXIME, *à part.*

Hein?... (*Haut.*) Tiens, c'est Valentin!

JEANNE, *bas à Maxime.*

Vous connaissez ce garçon?

MAXIME.

Je crois bien, c'est le doyen de la maison. Un peu toqué ce brave Valentin, mais bon diable au demeurant. Ah çà! tu ne songes donc pas à prendre ta retraite, mon vieux Valentin? (*Jeanne se débarrasse de son capuchon.*)

VALENTIN.

J'y pensais juste au moment où monsieur Maxime est entré.

MAXIME, *ôtant son pardessus.*

Ah! ah!

VALENTIN.

Oui, je me disais que je commence à en avoir assez de folichonneries des cocodès et des cocodettes qui passent ici. (*Jeanne prête l'oreille.*)

MAXIME.

Eh! là-bas.

VALENTIN.

Assez de toutes les abominations...

MAXIME, *bas à Valentin.*

Tais-toi donc.

VALENTIN.

Dont je suis le témoin depuis vingt ans.

MAXIME.

Mais...

VALENTIN.

Dont je suis même complice, puisque je les favorise par ma profession.

MAXIME.

Es-tu devenu sourd ?

VALENTIN.

De l'oreille gauche, oui, monsieur Maxime. La gauche a toujours été récalcitrante; mais pas la droite... (*Il passe à la gauche de Maxime.*) Je disais...

MAXIME.

Ah ! non ! je te dispense du reste.

VALENTIN.

Très-bien... monsieur Maxime a donc quitté Paris, pour n'être pas venu au café Anglais depuis plus de six mois?

MAXIME.

Oui, oui, j'ai fait bien des choses depuis six mois... Dès que les personnes que j'attends seront arrivées, tu les feras entrer dans ce salon; nous y souperons avant d'aller au bal de l'Opéra.

VALENTIN.

Une partie carrée, comme autrefois.

MAXIME, *bas.*

Te tairas-tu, animal?... (*Haut.*) Donne-moi la carte.

JEANNE, *près de la cheminée.*

Eh bien ! je ne puis ôter mon masque.

MAXIME.

Faut-il vous aider? (*Il s'approche de Jeanne et essaye de dénouer le cordon de son masque.*)

JEANNE, *bas à Maxime.*

Vous veniez donc au café Anglais avant notre mariage?

MAXIME.

Oui, quelquefois, avec des confrères du Palais... C'est l'usage dans le barreau.

JEANNE.

Ah!

MAXIME.

Oui, il y a un nœud, un diable de nœud.

JEANNE.

C'est bien... laissez... (*Elle reste près de la cheminée.*)

MAXIME, *à Valentin.*

Eh bien! cette carte? (*Il s'assoit près de la table et écrit son menu.*)

VALENTIN, *avec volubilité.*

Nous avons aujourd'hui des consommés garnis à la régence, chaufroix de mauviettes en relevés, bécasses sur canapé; buissons de truffes au congrès, cailles à l'ambassadeur, bombes à la Sardanapale.

JEANNE, *à part.*

Qu'est-ce qu'il dit?

MAXIME, *remettant son menu.*

Commande cela.

VALENTIN, *à part.*

Tiens! mais tout cela est doucereux et bourgeois en diable. Serait-ce une tante de province, très-âgée, que monsieur Maxime conduirait au bal de l'Opéra?

JEANNE, *se démasquant.*

Tant pis, j'ai cassé le cordon! (*Elle jette son masque sur la causeuse du fond.*)

VALENTIN, *remarquant Jeanne.*

Ce n'est pas sa tante! Ce n'est pas... Oh! sac à papier!

MAXIME.

A qui diable en a-t-il?

VALENTIN.

Ah! monsieur Maxime!

MAXIME.

Eh bien! après?

VALENTIN, *confidentiellement.*

C'est étonnant comme madame ressemble à Aglaé.

MAXIME.

Aglaé?

VALENTIN.

La seule femme que j'aie aimée dans ma vie.

MAXIME.

Veux-tu bien nous servir?... Quel idiot! (*Valentin sort à reculons, en contemplant toujours Jeanne.*)

SCÈNE IV

MAXIME, JEANNE.

JEANNE.

Que disait-il?

MAXIME.

Rien... Eh bien ! ma chère Jeanne, j'espère que vous avez joliment mené votre petit complot, avec votre amie Mathilde, et que, son mari et moi, nous nous sommes gracieusement exécutés ! Nous voilà au café Anglais, nous y soupons, nous allons au bal de l'Opéra...

JEANNE, *avec enthousiasme.*

Où nous allons nous amuser !

MAXIME.

Je ne sais pas si nous allons nous amuser tant que cela. Toujours est-il que vous devez être satisfaite et que le proverbe a raison : ce que femme veut... mari le veut.

JEANNE.

Tu es très-gentil, mais écoute donc : jusqu'à présent j'ai passé ma vie rue du Parc-Royal, au Marais.

MAXIME.

Un quartier très-bien habité.

JEANNE.

Mais qui était à la mode sous Louis XIII. Jusqu'à dix-huit ans j'ai été cousue à la robe de ma mère, comme le disait très-impertinemment monsieur mon frère ; les cours de demoiselles, les visites officielles, l'ennui organisé enfin, telle a été mon existence. Eh bien ! aujourd'hui que je suis mariée, il faut que tout cela change ; je ne sais rien de la vie parisienne et je veux la connaître... à fond...

MAXIME, *à part.*

A fond ! Peste !

JEANNE.

Et d'abord, c'était chez moi un rêve, une idée fixe, de dîner au restaurant, au cabaret, comme dit Mathilde, et d'aller ensuite au bal de l'Opéra, cette fête dont tout le monde parle, que tout le monde a vue.

MAXIME.

Oh ! tout le monde.

JEANNE.

Oui, monsieur, tout le monde, et le meilleur monde encore...

MAXIME, *regardant sa montre.*

Enfant !... Ah çà ! mais il me semble que nos compagnons oublient que le rendez-vous était pour onze heures précises.

JEANNE.

Mathilde est pourtant l'exactitude en personne. (*Elle examine le salon.*) Ah! quelle drôle de petite salle à manger!

MAXIME.

Tu appelles cela une salle à manger, toi?...

JEANNE.

Des canapés au lieu de chaises... des tapis, des portières de tous les côtés. Pourquoi y a-t-il tant de portières?

MAXIME.

Hein! Question de confortable, ma chère amie.

JEANNE, *avisant le verrou de la porte de gauche.*

Tiens! un verrou! Pourquoi y a-t-il un verrou?

MAXIME, *interloqué.*

Question de confortable également; ce verrou est là... pour l'ornementation. (*Il va la chercher.*)

JEANNE.

C'est vrai, c'est un petit bijou.

MAXIME, *à part.*

Un bijou indiscret. Elle est d'une naïveté alarmante, ma femme.

SCÈNE V

LES MÊMES, VALENTIN.

VALENTIN.

Faut-il servir monsieur, ou attendre que les personnes...?

MAXIME, *regardant sa montre.*

Lucien et sa femme nous manqueraient-ils de parole? Parbleu! puisqu'ils demeurent à deux pas d'ici, je vais leur envoyer... (*Il s'aperçoit que Jeanne joue avec le verrou.*) Que diable fait-elle là! (*Haut.*) Jeanne?...

VALENTIN, *à part.*

Elle s'assure de l'état du matériel.

MAXIME.

Jeanne?

JEANNE.

Mon ami!

MAXIME.

Je dis que, puisque Lucien demeure à quelques pas d'ici,

je vais lui envoyer un mot... (*A Valentin.*) Es-tu libre? (*Un coup de sonnette se fait entendre, à droite.*)

VALENTIN.

Monsieur Maxime entend, le cabinet 10 me sonne, mais au comptoir on vous donnera quelqu'un.

JEANNE.

C'est cela! Fais-les demander sur-le-champ... (*Cris au dehors. Jeanne court à la fenêtre.*) Oh! il y a des masques sur le boulevard. (*Elle regarde par la fenêtre entr'ouverte.*)

VALENTIN, *confidentiellement à Maxime.*

C'est même bien drôle l'histoire du cabinet 10. Figurez-vous que c'est un mari...

MAXIME.

Tout beau, monsieur Valentin, ne plaisantons plus le maris.

VALENTIN.

Puisque monsieur n'est pas...

MAXIME.

Qu'en savez-vous?...

VALENTIN.

Bah! monsieur serait...?

MAXIME, *à Jeanne, en sortant.*

Je reviens dans un instant. (*Jeanne le suit du regard par la porte du fond qu'elle tient ouverte.*)

SCÈNE VI

VALENTIN, JEANNE.

VALENTIN, *à part.*

Ah! monsieur Maxime est marié... (*Regardant Jeanne.*) Et voilà, il trompe déjà sa femme... comme le n° 10... après six mois de mariage!

JEANNE, *refermant la porte avec effroi.*

Ah! l'impertinent!

VALENTIN.

Qu'y a-t-il?

JEANNE.

Mais il y a... qu'un masque, qui passait dans le corridor, m'a envoyé un...

VALENTIN.

Un quoi?

JEANNE.

Mais un... (*Elle indique du geste qu'on lui a envoyé un baiser.*) Il n'y avait pas à s'y tromper.

VALENTIN, *philosophiquement.*

Ah ! un jour de bal à l'Opéra, madame sait bien que ces choses-là arrivent.

JEANNE.

Comment ! je sais bien... mais c'est affreux ! (*Elle va s'asseoir près de la cheminée.*)

VALENTIN, *à part.*

Affreux !... on dirait qu'elle n'est pas encore faite à son genre d'existence ! Elle est si jeune ! Elle débute probablement. (*Avec intérêt.*) Eh bien ! c'est dommage. Si jeune, si naïve encore ! Elle aurait dû choisir une autre carrière... Elle... Allons, bon ! voilà que ça me reprend : c'est bête, mais chaque fois que je vois entrer ici une gentille enfant comme cette petite, et qui paraît plutôt faite pour vivre en honnête bourgeoise que pour s'établir cocodette... Il y en a comme cela... pas beaucoup... mais il y en a... Eh bien ! ça me chiffonne. Je voudrais lui dire quelques paroles bien senties, l'arrêter sur la pente fatale, comme dit encore monsieur chose dans son feuilleton.

SCÈNE VII

LES MÊMES, CAMILLE, *puis* LE PRINCE.

CAMILLE, *en domino rose, son masque à la main.*

Numéro 4, c'est ici. (*Elle jette son masque sur la causeuse et aperçoit Jeanne qui lui tourne le dos.*) Ah ! nous ne sommes pas les premiers... Bonjour, ma chère.

JEANNE, *se retournant.*

Plaît-il, madame ?

CAMILLE.

Oh ! pardon, madame... Je vous avais prise... (*Bas au Prince.*) N'est-il pas vrai, prince, que madame, vue de dos, ressemble à la petite comtesse d'une façon prodigieuse ?

LE PRINCE.

Prodigieuse... Quelle petite comtesse ?

CAMILLE, *de même, riant.*

Coralie, qui se fait appeler la petite comtesse depuis qu'elle est avec son référendaire à la Cour des comptes. (*Haut, à Jeanne.*) Veuillez m'excuser, madame. (*A Valen-*

tin.) Nous ne sommes donc pas dans le cabinet de monsieur de Gensac?

VALENTIN.

Monsieur le baron a préféré le n° 3.

CAMILLE.

Que ne ledites-vous, imbécile! Venez-vous, prince? (*Elle prend, sur la causeuse, le masque de Jeanne au lieu du sien et sort.*)

VALENTIN.

Mais...

LE PRINCE, *affirmant.*

Imbécile! (*Le Prince salue Jeanne et sort.*)

JEANNE, *à part.*

Pauvre garçon!... Ces grands personnages russes croient toujours parler à leurs paysans. (*S'approchant de la glace.*) Il paraît que je ressemble à une amie de la princesse.

VALENTIN. *à part.*

De dos, c'est possible; mais de face, c'est à Aglaé qu'elle ressemble.

SCÈNE VIII

VALENTIN, JEANNE, GASTON, *entrant par le fond, sans voir Jeanne.*

GASTON.

C'est une fatalité! Je ne trouve personne. Nous serons treize. (*Il se dirige vers la porte de communication, à gauche.*)

VALENTIN.

Pardon, monsieur le baron a choisi le salon voisin, celui-ci est maintenant occupé.

GASTON.

Ah! (*Il va pour sortir par le fond et aperçoit Jeanne. A part.*) Oh! la jolie femme!... seule!... (*Il la salue.*) Serait-ce mon quatorzième convive?... (*Haut.*) Pardon, madame, je me suis trompé de cabinet. On croit ouvrir une porte, on en ouvre une autre; vous excusez mon erreur?

JEANNE, *gracieusement.*

Sans doute, monsieur.

GASTON, *à part.*

Très-gentille! (*Bas à Valentin.*) Connais-tu?

VALENTIN, *de même.*

Non, monsieur, c'est une nouvelle cliente.

GASTON.

Je vais l'inviter.

VALENTIN.

Mais, monsieur...

GASTON.

Tu m'ennuies. (*A Jeanne.*) Madame, puisque le hasard me permet de saluer une charmante femme, car vous êtes charmante...

JEANNE.

Eh bien?

GASTON.

Permettez-moi de vous faire une question : comprenez-vous les personnes qui redoutent de dîner treize à table?

JEANNE.

Plaît-il?

GASTON.

Je dis : comprenez-vous les personnes...?

JEANNE.

J'ai bien entendu, monsieur, et je vous prie de me dispenser de répondre à une question... (*Elle se rassoit près de la cheminée, en tournant le dos à Gaston.*)

GASTON.

Oh! prenez tout le temps de réfléchir... Prenez... (*Bas à Valentin qui le tire par son habit.*) Que veux-tu?

VALENTIN, *bas.*

Mais, monsieur, elle n'est pas seule.

GASTON, *bas.*

Elle a un partenaire?

VALENTIN.

Un habitué!... Un gaillard, comme monsieur le baron.

GASTON.

Drôle!... Et qu'est-ce que c'est que ce gaillard?

VALENTIN.

Un avocat.

GASTON.

Eh bien! débarrasse-m'en. Dis-lui qu'on l'attend au Palais.

VALENTIN.

A onze heures du soir?

GASTON.

C'est juste!... Dis-lui que sa maison brûle... que...

VALENTIN, *qui s'est rapproché de la porte du fond.*

Je l'entends, monsieur.

GASTON, *en sortant par la porte de communication, à gauche.*

Cinq louis pour toi si tu l'éloignes.

VALENTIN, *à part.*

Cinq louis ! juste les cinq francs de rente qui me manquent... mais comment l'éloigner !

SCÈNE IX

JEANNE, MAXIME, VALENTIN.

MAXIME, *avec mauvaise humeur.*

J'aurais dû m'attendre à cela. (*A Valentin.*) Sers-nous.

VALENTIN.

Oui, monsieur. (*Il sort par le fond.*)

JEANNE, *souriant.*

Si tu savais ce qui vient de m'arriver.

MAXIME.

Plaît-il ?

JEANNE.

Un monsieur est entré ici...

MAXIME.

Ici?

JEANNE.

Oui, par erreur, et m'a adressé la question la plus singulière.

MAXIME.

Comment ! il t'a adressé !

JEANNE.

Bien certainement j'ai eu affaire à un fou !... Il m'a demandé si je comprenais les personnes qui redoutent de dîner treize à table.

MAXIME, *se dirigeant vers la porte du fond.*

Où est ce monsieur ?

JEANNE.

Oh ! je ne veux plus que tu me quittes.

MAXIME.

Permets, je tiens à savoir...

JEANNE.

Je te répète que ce monsieur devait avoir la tête un peu dérangée.

MAXIME.

En ce cas, il ressemble à votre amie Mathilde.

JEANNE.

Que voulez-vous dire, monsieur?

MAXIME.

Que Lucien et sa femme nous faussent compagnie.

JEANNE.

C'est impossible.

MAXIME, *lui remettant une lettre.*

Voici le billet qu'ils ont fait remettre pour moi... Votre amie a pris la migraine, ce matin, au sermon, et vient de se mettre au lit. (*A part.*) Je vous demande un peu ce qu'elle allait faire au sermon, le matin, quand, le soir, elle devait aller au bal de l'Opéra?... mais voilà bien les femmes! mariant à plaisir le profane et le sacré.

JEANNE.

Il faut bien tout connaître.

MAXIME.

Ah! elle commence bien, notre partie de plaisir.

JEANNE.

Voyons, Maxime.

MAXIME.

Non, je suis furieux.

SCÈNE X

LES MÊMES, VALENTIN, *qui est entré sur les derniers mots de Maxime, apportant le potage.*

VALENTIN, *à part.*

Bah! il la brutalise... Je vais en prévenir le baron. (*Haut.*) Monsieur est servi.

MAXIME, *s'asseyant à la table, de façon à faire face au public.*

Ah! te voilà! toi! tu es d'une lenteur!... Tu sais pourtant que nous allons au bal de l'Opéra...

JEANNE.

Il est inutile de malmener ce garçon; puisque cela te fâche, je n'ai plus de goût pour l'Opéra. (*Elle va s'asseoir à la gauche de la table près de la porte de communication.*)

VALENTIN, *à part.*

Elle prend ma défense! Eh bien! ces femmes-là ont du cœur, quoi qu'on en dise... Celle-là surtout.

MAXIME.

Qu'est-ce que tu murmures encore, toi ?

VALENTIN.

Je dis : celle-là surtout.

MAXIME.

Plaît-il ?

VALENTIN.

Je vais voir si la bombe de monsieur Maxime va bien. (*Il sort.*)

SCÈNE XI

MAXIME, JEANNE.

MAXIME, *s'approchant de Jeanne.*

Voyons, ma petite Jeanne ! Je ne prétends pas te priver d'un plaisir ; mais avoue que tout semble conspirer, ce soir, pour me mettre de mauvaise humeur. C'est d'abord Lucien et Mathilde qui nous promettent formellement d'être des nôtres et qui nous laissent en plan ; puis, c'est ce monsieur...

JEANNE.

Quel monsieur ?

MAXIME.

Le fou, qui se permet d'entrer ici et de vous adresser des questions saugrenues.

JEANNE, *à part.*

S'il savait ce qu'un autre m'a adressé, grand Dieu !

MAXIME.

Il n'en faut pas davantage pour agacer l'homme le plus pacifique, le plus... (*Il va s'asseoir.*) Allons ! approche-toi, petite boudeuse.. (*Jeanne se rapproche de la table de manière à tourner le dos à la porte de communication.*) Faisons la paix et... (*Il va pour l'embrasser, Jeanne tend son assiette.*)

JEANNE.

Et servez-moi, car je vous ferai remarquer que le potage va refroidir.

MAXIME.

Ah ! pardon ! Tu as raison... il est froid.

JEANNE.

Parfaitement.

MAXIME.

Veux-tu que j'en demande un autre ?

JEANNE.

Ce serait un nouveau retard, et si nous allons au... (*Elle s'interrompt.*) Si nous allons au bal...

MAXIME.

Nous y retournons donc ?

JEANNE.

Oh ! oui ! (*Maxime lui prend la main et l'embrasse. Valentin entre, portant le filet.*)

JEANNE.

Prends donc garde ! (*Tous deux se mettent à manger leur potage avec ardeur.*)

SCÈNE XII

LES MÊMES, VALENTIN.

VALENTIN, *qui a vu le baiser, à part.*

Allons, bon ! cet homme-là n'a pas la moindre suite dans les idées. Ce sera bien plus difficile de l'éloigner, à présent. (*Haut.*) L'ami de monsieur Maxime n'arrive pas... monsieur ferait peut-être bien d'aller lui-même...

MAXIME.

Il ne viendra pas.

VALENTIN, *contrarié.*

Bing ! (*Il sert le filet. Un grand bruit se fait entendre dans le salon de gauche.*)

MAXIME.

Quel est ce tintamarre ?...

VALENTIN.

C'est le corps de ballet de l'Opéra qui soupe ce soir ici.

JEANNE.

Oh ! quel bonheur !

MAXIME, *de mauvaise humeur.*

Quel bonheur voyez-vous là ?

VALENTIN, *à part.*

Il la contrarie sur tout. Pauvre petite femme ! Il la rend très-malheureuse. (*Il sort.*)

SCÈNE XIII

MAXIME, JEANNE.

JEANNE.

C'est si amusant de souper à côté du corps de ballet !

MAXIME.

En vérité ?

JEANNE.

Sans être vue... et d'entendre ce que disent ces dames de théâtre dans la vie ordinaire !

MAXIME, *à part.*

Fichtre !

JEANNE.

Je suis sûre qu'elles ont de tout autres idées que nous sur une foule de choses...

MAXIME.

Je crois parbleu bien.

JEANNE.

Et que leur conversation doit être drôle !

MAXIME.

Mais trop drôle, s'il vous plait, et je ne vois nul inconvénient à ce que vous en soyez privée.

JEANNE.

Quelle épouvante ! Est-ce que vous auriez connu des actrices, monsieur ?

MAXIME.

Hein ?...

JEANNE.

Vous en avez connu ?

MAXIME.

J'en ai connu... j'en ai connu... comme avocat... comme avocat... n'est-ce pas moi qui ai plaidé pour la fameuse Esther, qui a jeté la discorde dans un ménage modèle ?

JEANNE.

Et vous plaidiez pour cette femme, monsieur ?

MAXIME.

La profession d'avocat a de pénibles exigences.

JEANNE.

C'est ce vilain procès qui vous a obligé à me quitter trois grands jours... Allez, je m'ennuyais bien pendant votre absence ; mon unique ressource était de vous écrire tous les jours... Et sais-tu où je faisais ma correspondance ? Dans ton cabinet de travail, au milieu de tes meubles, de tes livres, des mille objets qui te sont familiers et qui tous me rappelaient l'absent.

MAXIME.

Chère mignonne !

JEANNE.

Devine ce que j'ai trouvé dans l'un des tiroirs de ton bureau ?

MAXIME.

Tu fouillais dans mes tiroirs ?

JEANNE.

N'en ai-je pas le droit, monsieur ?

MAXIME.

Si fait, chère amie, si fait !... (*Inquiet.*) Qu'as-tu trouvé ?

JEANNE.

Le bouquet de violettes de Parme que tu m'as demandé à la soirée de notre contrat

MAXIME, *rassuré, à part.*

Ouf ! (*Haut.*) M'en veux-tu beaucoup de l'avoir gardé ?

JEANNE.

Non... c'est ce jour-là que tu m'as donné mon joli porte-monnaie, que j'aime tant !

MAXIME.

Chère Jeanne ! (*A part.*) N'importe, à l'avenir je fermerai mes tiroirs. (*Rires dans le salon voisin.*)

JEANNE.

Écoute... on rit dans le salon voisin... c'est le corps de ballet... (*En se penchant du côté de la porte de communication, elle avise le trou de la serrure et y applique son œil.*) Mais on peut voir.

MAXIME.

Jeanne !... veux-tu bien te rasseoir ?... c'est très-indiscret ce que tu fais là !

JEANNE, *regardant toujours.*

Crois-tu ?... O la belle personne !

MAXIME, *se levant vivement.*

Où cela ?

JEANNE, *s'adossant à la porte.*

Eh bien ! monsieur, voilà que vous voulez regarder aussi, maintenant que vous savez qu'il y a une jolie femme ?

MAXIME, *se rasseyant.*

Mon Dieu ! que tu es enfant ! Je te demande ce que peut me faire la vue d'une jolie femme, à moi, un homme marié.

JEANNE.

Ta... ta... ta... Mathilde m'assurait hier encore que messieurs les maris...

MAXIME.

Votre Mathilde n'a pas le sens commun.

JEANNE, *regardant de nouveau.*

Tiens! voilà quelle tire la moustache d'un grand jeune homme blond.

MAXIME, *avec autorité.*

Jeanne, viens t'asseoir.

JEANNE, *regardant toujours.*

Me voilà, mon ami, me voilà!... (*Jetant un cri de scandale.*) Ah!

MAXIME, *se relevant.*

Qu'est-ce que c'est encore?

JEANNE.

Figure-toi que... Oh! non! je n'ose pas.

MAXIME.

Je veux savoir... (*Il regarde par le trou de la serrure.*)

JEANNE, *à part, s'avançant vers le public.*

Ils se sont embrassés positivement.

MAXIME.

Mais je ne vois rien, moi. (*Il regarde encore.*)

JEANNE, *à part.*

Cela ne pouvait pas durer toujours.

MAXIME, *à part.*

Fichtre! Camille!...

JEANNE.

Tu dis?...

MAXIME.

Moi?... rien... Je dis... je dis que j'ai faim, et que je trouve beaucoup plus convenable de souper que d'examiner les faits et gestes de nos voisins. Allons, viens.

JEANNE.

Me voilà. (*Jeanne en revenant à sa place, va pour regarder encore, Maxime la prend par la taille et la fait asseoir à sa propre place, puis il fait l'échange des couverts.*)

MAXIME.

Veux-tu bien te rasseoir... là.

JEANNE.

Pourquoi là?

MAXIME.

Parce que... Sais-tu bien que tu finirais par attirer leur

attention de notre côté? Mais je vais mettre bon ordre à leur curiosité. (*Il fabrique une boulette de pain*)

JEANNE.

Que veux-tu faire?...

MAXIME.

Je veux nous barricader. (*Il applique la boulette de pain sur le trou de la serrure.*) Les servitudes de vue sont interdites par la loi, article 675.

JEANNE.

Interdites de leur côté... Mais pas du nôtre et quand il nous plaira...

MAXIME, *se rasseyant.*

Non pas. Tous les Français sont égaux devant l'article 675. (*En ce moment la boulette de pain tombe par terre.*)

JEANNE.

Oui, mais pas les Françaises, et... Bon! voilà ta barricade enlevée. (*L'extrémité d'une carte apparaît, sortant du trou de la serrure.*) Qu'est-ce que cela?... (*Elle se lève et prend la carte.*) Une carte!... (*Elle la déplie.*)

MAXIME, *se levant.*

Donne, Jeanne.

JEANNE.

Non pas... Il y a quelque chose d'écrit. (*Lisant.*) « Bon- » jour, Maxime... CAMILLE. » (*Vivement.*) Quelle est cette Camille qui vous appelle Maxime?

MAXIME.

Plaît-il?... D'abord, pourquoi dis-tu cette Camille?... Ce doit être ce Camille! Je connais trois ou quatre Camille... Camille est des deux sexes

JEANNE.

Ainsi ce Camille serait...

MAXIME.

Un de mes amis, qui aura trouvé plaisant de commettre cette inconvenance.

JEANNE.

C'est bien vrai ce que tu me dis là?

MAXIME.

Jeanne!

JEANNE.

Si tu me trompais, ce serait horrible.

MAXIME, *l'embrassant.*

Tu sais bien, enfant, que je n'aime et n'aimerai jamais que toi. (*Minuit sonne à la pendule.*) Minuit. Dis donc, Jeanne, est- ce que tu as encore faim ?

JEANNE.

Oh non !... Pourquoi ?

MAXIME.

C'est que si nous nous attardons, nous allons manquer l'entrée du bal, le moment le plus intéressant.

JEANNE.

Ah ! c'est le moment le plus...

MAXIME.

Je crois bien. L'irruption de cette foule bigarrée dans la salle offre un coup d'œil vraiment curieux.

JEANNE.

Partons vite alors... j'aime mieux cela.

MAXIME, *à part.*

Et moi donc !... Maudit restaurant ! (*Il sonne.*)

JEANNE.

Où ai-je mis mon masque ?... Ah ! le voilà ! (*Elle prend le masque oublié par Camille, sur la causeuse, et va pour le mettre.*) Mais ce n'est pas le mien.

MAXIME.

Comment ! ce n'est pas le tien ?

JEANNE.

Ah ! je devine. C'est celui de la princesse, qui aura pris le mien.

MAXIME.

La princesse ! Quelle princesse ?

JEANNE.

Une princesse russe, qui est entrée ici avec son mari, pendant que tu étais absent.

MAXIME.

Encore !

SCÈNE XIV

LES MÊMES, VALENTIN, *puis* CAMILLE.

VALENTIN.

Monsieur a sonné ?

MAXIME.

L'addition. (*A Jeanne.*) Maintenant dis-moi...

JEANNE, *à Valentin.*

Veuillez redemander mon masque à la princesse.

VALENTIN, *à part.*

La princesse! Elle croit...

JEANNE.

Et vous lui rendrez le sien. (*Elle va pour remettre à Valentin le masque de Camille. Celle-ci entre par le fond avec le masque de Jeanne à la main.*)

CAMILLE, *à Jeanne.*

Je vous le rapportais, madame.

MAXIME, *à part.*

Camille!

CAMILLE, *regardant Maxime; à part.*

C'est bien lui.

JEANNE.

Voici le vôtre, madame.

CAMILLE, *saluant.*

Madame. (*Feignant d'apercevoir Maxime pour la première fois.*) Eh! mais je ne me trompe pas, c'est bien monsieur Maxime Vernon?

MAXIME.

Madame!

JEANNE, *à Maxime.*

Vous connaissez madame?

CAMILLE.

S'il me connaît!

MAXIME.

Oui... certainement... je... Madame est une de mes clientes. (*Il passe entre Jeanne et Camille.*)

CAMILLE, *à part.*

Comment, une cliente! il me renie! Nous allons bien voir! (*Haut, à Jeanne.*) Ma chère enfant, monsieur Maxime Vernon n'est pas...

MAXIME.

Madame, je vous présente madame Vernon, ma femme.

CAMILLE, *à part.*

Sa femme! (*Haut, saluant Jeanne.*) Madame.

JEANNE, *saluant Camille.*

Madame!

MAXIME, *bas, à Camille.*

Au nom du ciel! taisez-vous.

CAMILLE, *à part.*

Soit... Mais je vais le taquiner un peu. Cela m'amusera. (*Haut, à Maxime.*) Permettez-moi donc de vous féliciter mon cher... avocat; mais, en même temps, souffrez que je vous fasse un reproche.

MAXIME, *à part.*

Que va-t-elle dire?

CAMILLE.

Comment! vous vous mariez, et vous ne m'adressez même pas une lettre de faire part.

JEANNE.

Comment! mon ami, vous n'avez pas adressé de lettre de faire part à madame?

MAXIME.

Hein?... non... je... j'ai...

JEANNE.

C'est très-mal, cela.

CAMILLE.

Un simple oubli, j'aime à croire.

MAXIME.

C'est cela, un oubli.

JEANNE.

On n'oublie pas des personnes du rang de madame.

CAMILLE, *à part.*

Qu'est-ce qu'elle dit?

MAXIME, *à part.*

Je ne comprends plus, je n'entends plus. (*Il passe à droite.*)

JEANNE.

Surtout quand ces personnes vous ont confié leurs intérêts. J'espère, du moins, que vous avez gagné le procès de madame?

CAMILLE.

Plait-il? Pas du tout. Je l'ai perdu.

JEANNE.

Ah! une affaire importante peut-être?

CAMILLE.

Je crois bien. Il s'agissait d'une séparation.

JEANNE.

Une séparation!

CAMILLE.

De corps... et de biens, hélas!

JEANNE, *à part.*

Pauvre femme! (*Haut.*) Le prince vous rend donc malheureuse?

MAXIME, *tombant découragé sur le fauteuil qui est près de la cheminée.*

Oh! alors!

CAMILLE.

Le prince! quel prince? Ah! oui, le prince qui m'accompagne. (*Elle rit.*) Ce n'est pas celui-là, c'est l'autre.

JEANNE.

L'autre! vous avez eu plusieurs maris?

CAMILLE.

Plusieurs, oui, chère madame, et c'est le précédent qui m'abreuvait de chagrins. (*Elle rit plus fort et vient près de Maxime.*)

MAXIME, *à part, se levant.*

Ah! c'en est trop.

JEANNE, *à Camille.*

Et cela vous fait rire?

CAMILLE.

C'est que... voyez-vous... Ma foi, je n'y tiens plus. C'est trop drôle. (*Elle rit à gorge déployée.*)

MAXIME.

Madame, si vous ne vous retirez à l'instant, je vais souffleter votre amant.

JEANNE.

Que signifie?

VALENTIN, *entrant.*

Le prince fait demander madame Camille.

JEANNE.

Camille!

CAMILLE, *à Maxime.*

Ne souffletons personne, mon cher avocat. Le prince m'appelle et je me retire. (*Saluant Jeanne.*) Madame! (*Elle sort en riant encore. A Maxime.*) Mais je vous dois un bon quart d'heure. (*Maxime la suit jusqu'à la porte qu'il referme.*)

JEANNE.

Camille!

VALENTIN.

Camille tout court. Elle n'est pas plus princesse que vous et moi. (*A part.*) Je ne veux pas la tromper, moi.

MAXIME, *à Valentin.*

Va-t'en. (*Valentin sort.*)

SCÈNE XV

MAXIME, JEANNE.

JEANNE, *éclatant.*

Oh! je comprends tout.

JEANNE.

Jeanne!

JEANNE.

Cette femme est votre maîtresse.

MAXIME.

Allons! tu es folle.

JEANNE.

Oui, folle, parce que j'ai découvert votre trahison, n'est-ce pas?... Ah! c'est indigne! Etre trompée après trois mois de mariage!

MAXIME.

C'est du délire... Jeanne, veux-tu m'écouter?...

JEANNE.

Non!... Vous mentiriez encore... C'est à cette dame que je veux demander... (*Elle se dirige vers la porte du fond. Maxime lui barre le passage.*)

MAXIME.

Tu ne sortiras pas.

JEANNE, *avec véhémence.*

Vous voyez bien que vous avez peur que je lui parle, que j'apprenne de sa bouche toute votre perfidie. Mais rassurez-vous, j'en sais désormais assez, et je n'irai point lui disputer votre affection; mes projets sont arrêtés. (*Elle s'assoit près de la table.*)

MAXIME.

Vos projets?... Peut-on les connaître, madame?

JEANNE, *pleurant.*

Dès demain, je me retire chez ma mère...

MAXIME, *exaspéré.*

Ah! bon! ah! bien!... Mon Dieu! comme nous nous amusons!

JEANNE.

Ma pauvre mère qui croit sa fille heureuse...

MAXIME.

Jeanne!... (*A part.*) Il faut en finir!... (*Haut.*) Eh bien! oui, les circonstances m'obligent à vous avouer qu'en effet j'ai connu cette Camille... autrefois.

JEANNE, *à part, ironiquement.*

Autrefois, cela devait être... (*Haut.*) Mais vous savez que je ne crois pas à cet autrefois-là.

MAXIME.

Je vous jure.

JEANNE.

Oh! les hommes ne font aucune difficulté de se parjurer... et, hier encore, Mathilde m'assurait...

MAXIME.

Encore votre Mathilde... une tête à l'envers.

JEANNE.

Une femme charmante.

MAXIME.

Une amie dangereuse, madame.

JEANNE.

Une adorable personne, monsieur.

MAXIME.

Madame!

JEANNE.

Monsieur!

MAXIME, *furieux.*

Madame! (*Silence.*) Mais la question n'est pas là... Persistez-vous à mettre en doute ma parole?

JEANNE.

Je persiste.

MAXIME, *prend une chaise et s'en fait la barre du tribunal.*

En ce cas, madame, vous avez parfaitement raison de songer à une séparation. (*A part.*) Effrayons-la. (*Haut.*) Madame, lorsque la confiance, cette sainte confiance, qui est la paix et la joie du foyer, a cessé d'exister entre époux, la vie commune devient un supplice pour chacun d'eux. (*Une vielle se fait entendre par la fenêtre restée entr'ouvre.*) Allons, bon! de la musique à present. (*Allant à la fenêtre.*) Veux tu t'en aller, gamin. (*La musique cesse; il reprend sa plaidoirie.*) Lorsque la confiance, cette sainte confiance, qui est la joie...

JEANNE.

Vous l'avez déjà dit.

MAXIME, *plaidant toujours.*

Je l'ai déjà dit, lorsque la confiance. (*La vielle se fait entendre de plus belle.*)

UNE VOIX D'ENFANT, *au dehors.*

Un petit sou, signor!

MAXIME.

Encore!... (*Parlant par la fenêtre.*) Veux-tu nous laisser tranquilles, toi et ta musique?

JEANNE.

Vous avez le cœur bien dur, monsieur.

MAXIME.

La mendicité est interdite, madame. (*Au dehors.*) Allons! va-t'en, gamin.

JEANNE, *à la fenêtre.*

Reste, mon enfant!...

MAXIME.

Va-t'en! (*Tous deux ouvrent et ferment tour à tour un des battants de la fenêtre.*)

JEANNE.

Reste! (*Elle se fouille et prend son porte-monnaie. A part.*) Mon porte-monnaie... Ah! je me vengerai!... (*Elle jette son porte-monnaie par la fenêtre.*) Tiens!

MAXIME.

Que faites-vous?

JEANNE.

Je fais la charité, vous le voyez.

MAXIME.

Mais ce porte-monnaie est celui que je vous ai donné.

JEANNE.

C'est celui-là!

MAXIME.

Ah!... Et voilà le cas que vous en faites... (*Silence.*) Eh bien! moi, Jeanne, quoi qu'il advienne entre nous, je ne jetterai jamais les fleurs qu'un jour vous m'avez données.

JEANNE.

J'ai eu tort, Maxime, et je vais...

MAXIME.

Demeurez... c'est moi qui vais lui proposer un échange. (*Il prend son chapeau et sort.*)

SCÈNE XVI

JEANNE, *seule.*

Je crois que j'ai été trop prompte... Oh! c'est qu'aussi je souffrais trop : Maxime, mon mari, aimer une autre femme que moi!... Et cependant, s'il m'avait dit la vérité? si depuis longtemps... très-longtemps, cette femme n'était plus... Qui donc pourra me dire?... le garçon qui nous sert peut-être. (*Elle sonne.*) C'est cela, il connaît Maxime.

SCÈNE XVII

JEANNE, VALENTIN.

VALENTIN, *entre-bâillant la porte.*

Monsieur Maxime a sonné?

JEANNE.

Non, c'est moi.

VALENTIN, *à part.*

Elle est seule.

JEANNE.

Dites-moi, mon ami?

VALENTIN, *à part.*

Son ami!

JEANNE.

Connaissez-vous les personnes qui sont dans le salon voisin?

VALENTIN.

Sans doute. Nous avons d'abord le baron Gaston de Gensac.

JEANNE.

Passons.

VALENTIN.

Nous avons Palmyre, la belle Palmyre, qui est belle depuis si longtemps, que ses meilleures amies ne l'appellent jamais que les ruines de Palmyre..... Nous avons encore la belle Paquita, la célèbre Camille...

JEANNE.

Camille?

VALENTIN.

Dont on fête le retour ce soir!

JEANNE.

Le retour?

VALENTIN.

Sans doute... Madame ignore sa fugue de l'an dernier?

JEANNE.

Quelle? j'ignore tout... parlez.

VALENTIN.

C'est juste! Vous êtes si jeune, vous n'étiez pas encore lancée.

JEANNE.

Lancée!

VALENTIN, *au public.*

Elle n'était pas encore lancée... (*A Jeanne.*) Figurez-vous qu'il y a un an, à pareil jour, tout l'orchestre l'attendait pour l'applaudir dans le pas qui l'a rendue célèbre, tandis qu'elle s'embarquait au Havre, en compagnie d'un jeune Américain.

JEANNE, *à part.*

Un an! Maxime ne me trompait pas!

VALENTIN.

Elle vient d'effectuer son retour en compagnie d'un prince russe.

JEANNE.

Pardon, vous avez dit un Américain.

VALENTIN.

J'ai dit un Américain quand je parlais du départ, je dis un prince russe quand il s'agit du retour.

JEANNE.

Mais quelle horreur!

VALENTIN.

Horreur! (*A part.*) Ah çà! mais décidément cette pauvre petite est encore innocente. (*On frappe à la porte de gauche.*)

JEANNE.

On a frappé à cette porte.

VALENTIN.

C'est le baron, parbleu!

JEANNE.

Le baron?

VALENTIN.

Qui vous demandait tout à l'heure si vous redoutiez de dîner treize à table.

JEANNE.

N'ouvrez pas, je vous en prie.

VALENTIN, *à part.*

Elle m'en prie. (*On frappe de nouveau.*) Eh bien! non, je n'ouvrirai pas. (*Il va fermer le verrou, à part.*) C'est cinq louis que ça me coûte, mais tant pis! (*Haut.*) Et je vous protégerai contre tous ces beaux fils, contre monsieur Maxime lui-même.

JEANNE.

Vous dites?

VALENTIN.

Je dis que votre jeunesse, que votre candeur m'intéressent, que je vous veux du bien.

JEANNE.

Plait-il?

VALENTIN.

Vous ne comprenez pas... vous ne pouvez pas comprendre. C'est que j'aime la candeur, moi. Et puis vous ressemblez tant à Aglaé!

JEANNE.

Aglaé?

VALENTIN.

Vous n'avez pas connu Aglaé, mais ça ne fait rien. Vous lui ressemblez tant que vous m'avez bouleversé et que je voudrais vous sauver comme elle.

JEANNE.

Qu'est-ce qu'il dit?

VALENTIN.

Non, vous n'êtes pas faite pour la fichue existence qui vous attend; vous avez trop de cœur pour cette vie-là; vous y seriez malheureuse comme les pierres.

JEANNE.

Mais...

VALENTIN.

Oh! je sais d'avance ce que vous allez me répondre. Votre histoire est celle de tant d'autres : Vous n'étiez pas heureuse dans votre famille, monsieur votre père vous battait peut-être?

JEANNE.

Ah!

VALENTIN.

Ou bien, c'est l'atelier, le magasin qui vous ont perdue. La première demoiselle avait une robe à traîne; vous, vous n'aviez pas de traîne et vous vouliez une traîne... Monsieur Maxime est venu .. et va te promener! voilà comme un beau soir on se trouve au café Anglais avec des remords dans le cœur et des fleurs dans les cheveux.

JEANNE, *à part.*

Mais il a perdu la raison.

VALENTIN.

N'est-ce pas que j'ai raison? Si seulement c'était la première fois que vous veniez ici... Ah! dites-moi que c'est la première fois...

JEANNE.

Oh! la première et la dernière!

VALENTIN.

Bien, très-bien, mon enfant. Ne remettez jamais les pieds ici. Fuyez, fuyez tous les Maxime et tous les Gaston du monde... des garnements qui ne veulent que votre perte.

JEANNE, *à part.*

Oh! c'en est trop!

VALENTIN.

Et tenez, puisque vous êtes seule, profitez-en. Sauvez-vous, et, s'il vous faut le secours d'un homme pur, d'un homme prêt à tous les dévouements... me voilà, madame... je vais vous chercher une voiture.

JEANNE.

Oui, allez-vous-en.

VALENTIN.

Je vole et je reviens.

JEANNE.

Je veux sortir d'ici. (*Elle remet son capuchon; cependant Valentin ouvre la porte du fond et se trouve en face de Gaston.*)

SCÈNE XVIII

LES MÊMES, GASTON.

GASTON, *bas à Valentin.*

Voilà comme tu me préviens, toi?

VALENTIN.

Le baron!

GASTON.

Va-t'en.

VALENTIN.

Mais.

GASTON.

Ah! oui. (*Lui offrant de l'or.*) Tiens.

VALENTIN.

Jamais!

GASTON.

Bah! comme tu voudras, mais va-t-en. Allons, file!

VALENTIN.

Oui, je file, mais pour chercher une voiture. (*Il sort.*)

SCÈNE XIX

JEANNE, GASTON.

(*Jeanne qui, occupée à remettre son capuchon et son masque, n'a pas entendu la scène, se retourne et aperçoit Gaston.*)

JEANNE.

C'est encore vous, monsieur.

GASTON.

Et, cette fois, intentionnellement. Je sais que la personne qui vous accompagne vous rend fort malheureuse. Aussi, je suis chargé par d'aimables gens, qui soupent dans le salon voisin, de vous enlever à votre fâcheux, en vous invitant...

JEANNE.

Veuillez vous retirer, monsieur.

GASTON.

Je vous jure que mes convives sont bien plus amusants que ce monsieur qui vous fait des scènes et que vous allez planter là... ce sera une façon originale d'en finir avec lui.

JEANNE.

En finir!

GASTON.

C'est dans l'ordre des choses, ma chère enfant, et mieux vaut le quitter la première que d'être quittée par lui.

JEANNE.

Quittée par mon mari!

GASTON.

Votre mari?... (*A part.*) Elle a un mari!

JEANNE.

Sortez, monsieur.

GASTON.

Pardonnez-moi, madame, je croyais... j'ignorais..... (*A part.*) Son mari !

JEANNE.

Mais sortez donc.

GASTON.

Je m'en vais... madame... je m'en vais... (*Il gagne la porte de gauche. En ce moment Maxime rentre par le fond.*)

SCÈNE XX

JEANNE, GASTON, MAXIME.

JEANNE, *se réfugiant près de Maxime.*

Ah ! mon ami !

MAXIME.

Qu'as-tu donc ?

JEANNE.

C'est monsieur.

MAXIME.

Quel monsieur ?... (*Se retournant et apercevant Gaston.*) Gaston !

GASTON.

Maxime !

JEANNE, *à part.*

Ils se connaissent !

MAXIME.

Que diable fais-tu là, toi ?

GASTON, *embarrassé.*

Mon ami, je venais... je passais... je... Parbleu ! il faut avouer que la rencontre est bizarre !

MAXIME.

Très-bizarre, mais je voudrais savoir...

GASTON.

Après quatre mois d'absence ; car voilà quatre mois que nous ne nous sommes vus... J'arrive d'Italie, mon cher, et je... Tu vas bien ?

MAXIME.

Très-bien. Je te demande comment tu te trouves avec... ma femme ?

GASTON, *à part.*

Sa fem!... C'était lui le... (*Haut.*) Ah! tu es marié! mes compliments, mon cher.

MAXIME.

Réponds.

GASTON.

Comment je me trouve avec madame? Mon Dieu! c'est bien simple, c'est excessivement simple. Voici ce que c'est. (*A part.*) Comment diantre lui raconter cela? (*Haut.*) Voici la chose en deux mots : J'étais entré dans ce salon, par erreur, la première fois.

MAXIME.

Comment! la première fois. Tu es déjà venu?... Il est déjà venu? (*Jeanne fait un signe affirmatif.*) Ah çà! l'univers est donc rentré ici?

JEANNE.

Je vous l'avais dit, mon ami.

MAXIME.

C'était lui, le fou?

GASTON, *à part.*

Le fou! Comment le fou?... (*Haut.*) Enfin, c'était moi, et, comme j'avais trouvé madame seule, je m'étais imaginé que madame était... ou plutôt, n'était pas... et que je pouvais... parce qu'il faut te dire que nous étions treize à table, là-bas... (*A part.*) Je suis en nage.

MAXIME.

Mais je ne comprends pas un mot à ton galimatias.

GASTON.

Galimatias, permets...

JEANNE, *effrayée.*

Maxime!

GASTON.

Madame, tu le vois, se rend parfaitement compte d'une méprise.

MAXIME.

Ah! prends garde.

GASTON.

D'une méprise que je regrette profondément et dont je lui demande humblement pardon.

JEANNE *à Maxime.*

Tu entends. Monsieur me demande humblement pardon,

et je le lui accorde de grand cœur. Tu vas faire comme moi, mon ami. (*Moment de silence.*)

MAXIME.

Allons, je comprends... (*A Gaston.*) Ta main, grand étourdi !

GASTON, *lui serrant la main.*

Ah ! merci ! (*De vigoureuses clameurs se font entendre dans le salon de gauche. On distingue ces mots chantés sur l'air des Lampions : Le baron ! l' quatorzième !*)

MAXIME.

Écoute.

GASTON.

Ce sont mes convives qui me réclament.

MAXIME.

Mais ils vont faire invasion ici.

GASTON.

Non pas. (*Il s'adosse à la porte de gauche.*)

SCÈNE XXI

LES MÊMES, VALENTIN.

VALENTIN.

Mille pardons. (*Bas à Jeanne.*) La voiture est là.

JEANNE.

Viens, Maxime.

VALENTIN, *à part.*

Maxime ! C'est pour lui que j'ai été la chercher.

JEANNE.

Partons vite.

MAXIME.

Pour l'Opéra ?

JEANNE.

Oh ! non ! plus d'Opéra, plus de restaurant. On apprend là plus de choses qu'on n'en voudrait savoir. Rentrons, Maxime.

MAXIME, *lui offrant son bras.*

Ce que femme veut, mari le veut.

VALENTIN.

Son mari !... Allons ! je suis volé de cinq louis. (*Les cris redoublent dans le salon voisin. Gaston maintient la porte. Maxime et Jeanne se sauvent.*)

GASTON.

Sauvez-vous ou je ne réponds plus de rien.

FIN.

---

428 Paris. — Typ. Morris père et fils, [illegible], rue Am[illegible].

Les Portraits de [illegible], vaudeville en un acte, de MM. H. Chivot et A. Duru. 1 »

Les Gammes d'Oscar, folie-vaudeville en un acte, par M. W. Busnach, musique de M. G. Douay. 1 »

Un Gendre, comédie en 4 actes, par M. Raymond Deslandes. In-18. 2 »

La Grammaire, comédie-vaudeville en un acte, par MM. Eugène Labiche et Jolly. in-18 1 »

Les Grues, comédie en 4 actes, par Aug. Delaporte. 2 »

Un Habit par la Fenêtre, vaudeville en un acte, par M. J. Renard. 1 »

Haydée, ou le Secret, opéra-comique en 3 actes, par M. E. Scribe. Gr. in-8. 1 »

Une Histoire ancienne, comédie en un acte, par MM. Edmond About et Émile de Najac. In-18. 1 »

L'Homme aux 76 femmes, comédie en un acte, par MM. Siraudin, H. Thiéry et Bedeau. 1 »

Un Homme de bronze, comédie-vaudeville en un acte, par MM. H. Chivot et A. Duru. 1 »

L'Homme au pavé, vaudeville en un acte, par M. H. Thiéry. 1 »

L'Homme de rien, comédie en 4 actes de M. Aylic Langlé. 2 »

L'Homme du Sud, à-propos burlesque, mêlé de couplets, par MM. Rochefort et A. Wolff. 1 »

L'Homme qui manque le coche, comédie-vaudeville en 3 actes, par MM. Eugène Labiche et Delacour. 2 »

L'Honneur du nom, drame en deux époques et 10 tableaux, par MM. Alp. Pagès et d'Albert, tiré du roman de Monsieur Lecoq, par E. Gaboriau. In-4. » 50

Les Idées de Beaucornet, comédie en un acte, par MM. Adolphe Belot et Siraudin. In-18. 1 »

L'Ile de Tulipatan, opéra-bouffe en un acte, par MM. Henri Chivot et Alfred Duru. 1 »

Jean la Poste, drame anglais en 5 actes et 10 tableaux, par M. Dion Boucicault, arrangé pour la scène française, par M. Eugène Nus. Deux édit. :
- 1. In-18. 2 »
- 2. In-4 à 2 col. » 50

Jeanne la Folle, opéra en 5 actes, par M. E. Scribe, musique de M. Clapisson. Gr. in-8. 1 »

Jeanne qui pleure et Jean qui rit, opérette en un acte, par MM. Ch. Nuitter et E. Tréfeu, musique de M. Offenbach. 1 »

La Jeunesse du roi Henri, drame historique en 5 actes et 7 tableaux, de M. P. du Terrail. In-4 » 50

La Jeunesse de Mirabeau, pièce en 4 actes, de MM. Aylic Langlé et R. Deslandes. 2 »

Un Jeune Homme timide, comédie en un acte, par M. Decourcelle. In-18. 1 »

Le Joueur de flûte, vaudeville romain, de M. Jules Moinaux, musique gauloise de M. Hervé. 1 »

Un Jour de première, comédie-vaudeville en un acte, par M. Varin. 1 »

Léonard, drame en 5 actes et 7 tableaux, par MM. E. Brisebarre et Eug. Nus. In-4. » 50

Lisez Balzac, comédie en un acte, par MM. Eug. Nus et R. Bravard. 1 »

La Loge d'Opéra, comédie en un acte, par M. Jules Lecomte. 1 »

Le Luxe de ma femme, comédie-vaudeville en un acte, par MM. H. Chivot et A. Duru. 1 »

[illegible] (de Shakspeare), drame en 5 actes, en vers, par M. Jules Lacroix, 2e édit. 2 »

Madame Pot-au-Feu, comédie-vaudeville en un acte, par MM. Varin et M. Delaporte. 1 »

Mademoiselle la Marquise, comédie en 5 actes, en prose, précédée d'un prologue, par MM de de Saint-Georges et Lockroy. In-18. 2 »

La Main leste, comédie-vaudeville en un acte, par MM. Eugène Labiche et Edouard Martin. In-18. 1 »

Le Malade au mois, pièce en un acte, avec écurie et remise, par MM. Cham et A. de Lasalle. 1 »

La Malle de Lise, scènes de la vie de garçon, par M. Edouard Brisebarre. 1 »

Ma'me Maclou, folie mêlée de chant, par M. Dupin. 1 »

Marco-Spada, opéra-comique en 3 actes, par M. E. Scribe, musique de M. Auber. Gr. in-8. 1 »

Un Mari qui lance sa Femme, comédie en 3 actes, de MM. Labiche et R. Deslandes. 1 »

Les Masques, opéra-comique en 3 actes, paroles de MM. Nuitter et Beaumont, mus. de M. Pedrotti. In-18. 1 50

Les Médecins, pièce en 5 actes, par MM. E. Nus et E. Brisebarre. 2 »

Même Maison, vaudeville en un acte, par M. Jules Renard. 1 »

Ménage à quatre, vaudeville en un acte, par MM. Alfred Duru et Henri Chivot. 1 »

Les Mensonges innocents, comédie en un acte, par MM. Clairville et Gastineau. 1 »

Les Mères terribles, scènes de la vie bourgeoise, en un acte, par MM. H. Chivot et Alfred Duru. 1 »

Moi, comédie en 3 actes, en prose, de MM. Eugène Labiche et Edouard Martin. 2 »

Un Monsieur qui a perdu son mot, comédie-vaudeville en un acte, de M. Jules Renard. 1 »

Monsieur boude, scènes de la vie conjugale, en un acte, par M. Delacour. 1 »

Les Mousquetaires du Carnaval, folie-vaudeville, en 3 actes, par MM. Grangé et Lamb.-Thiboust. 1 50

Une Noce sur le carré, comédie-vaudeville en un acte, par M. Jules Renard. 1 »

Ne Touchez pas à la Reine, opéra-comique en 3 actes, par MM. Scribe et G. Vaez, musique de M. Boisselot. Gr. in-8. 1 »

La Nonne sanglante, opéra en 5 actes, par MM. Scribe et G. Delavigne, musique de M. Gounod. Gr. in-8. » 60

Nos Gens, comédie en un acte, par M. Emile de Najac. In-18. 1 »

La Nuit du 15 octobre, opérette militaire en un acte, par MM. Leterrier et Vanloo. 1 »

On lit dans l'Akhbar..., vaudeville en un acte, par MM. A. de Jallais et William Busnach. 1 »

L'Orphéon de Fouilly-les-Oies, folie musicale en un acte par M. Marquet, airs nouveaux de M. Kriesol. 1 »

Permettez, madame! comédie en un acte, de MM. E. Labiche et Delacour. 1 »

La Pénitente, opéra-comique en un acte, par MM. Henri Meilhac et W. Busnach, musique de Mme de Grandval. 1 »

Le Petit de la rue du Ponceau, comédie mêlée de chant, en 2 actes, de MM. Edouard Martin et Albert Monnier. 1 »

Les Petits oiseaux, comédie en 3 actes, par MM. Eug. Labiche et Delacour. 2 »

EN VENTE A LA MEME LIBRAIRIE (*Suite.*)

Les Petits du premier, opéra-bouffe en un acte, par M. W. Busnach, musique de M. Em. Albert. 1 »

Le Pifferaro, comédie-vaudeville en un acte par MM. Siraudin, A. Duru et H. Chivot. 1 »

Le Plus Heureux des Trois, comédie en trois actes, par M. Eugène Labiche, et Edmond Gondinet. 2 »

Les Plaisirs du dimanche, pièce en 4 actes, par MM. Thiéry et P. Avenel. In-4. » 50

Le Point de mire, comédie en 4 actes, par MM. Labiche et Delacour. 2 »

Le Premier pas, comédie en un acte, par MM. Labiche et Delacour. 1 »

Premier prix de piano, comédie-vaudeville en un acte, par MM. Labiche et Delacour. 1 »

Procédure et Cavalerie, vaudeville en un acte de MM. H. Chivot et Alfred Duru, airs nouveaux de M. Richard. 1 »

Les Projets de ma Tante, comédie en un acte, en prose, par M. Henri Nicolle. 2e édit. 1 »

Le Petit-Voyage, pochade en un acte, p. M. Eugène Labiche. In-8. 1 »

Un Pied dans le crime, comédie-vaudeville en 3 actes, par MM. Eugène Labiche et Adolphe Choler. In-18. 2 »

Au Pied du mur, comédie en un acte, par M. E. de Najac. In-18. » 60

La Pupille d'un viveur, pièce en un acte, par MM. Lefranc et Decourcelle. In-18. 1 »

Les Rentiers, scènes de la vie bourgeoise, en 5 actes, par M. Edouard Brisebarre. In-18. 1 »

Le Rajah de Mysore, opérette bouffe en un acte, par MM. A. Duru et H. Chivot. 1 »

Les Relais, comédie en 4 actes, et en prose, par M. L. Leroy. 2 »

Retiré des affaires, comédie en deux actes, par MM. Edmond About et Emile de Najac. In-18. 1 50

Rienzi, opéra en 5 actes, paroles et musique de Richard Wagner, traduction française de MM. Nuitter et Guillaume. In-18. 1 »

La Revanche de Candaule, opéra-bouffe en un acte, de MM. H. Thiéry et Paul Avenel, musique de M. Debillemont. 1 »

Sacripant, opéra-comique en 2 actes, paroles de M. Philippe Gilles, musique de M. Jules Duprato. In-18. 1 »

Les Sabots d'Aurore, comédie en un acte, par MM. Raymond Deslandes et William Busnach. In-18. 1 »

La Saint-François, comédie en un acte, en prose, par madame Amélie Perronnet. In-18. 1 »

Salvator Rosa, drame en 5 actes et 7 tableaux par M. Ferdinand Dugué. Gr. in-8 anglais 3 »

Ces Scélérates de bonnes, vaudeville en 3 actes, par MM. Laurencin et Mic. Delaporte. 1 »

Le Sommeil de l'innocence, comédie-vaudeville en un acte, par MM. Varin et M. Delaporte. 1 »

Spartacus, vaudeville en un acte, de M. Charles Nuitter. 1 »

La Source, ballet en 3 actes et 4 tableaux, de M. Charles Nuitter, chorégraphie de M. Saint-Léon, musique de MM. Minkous et Léon Delibes. In-18. 1 »

Un Tailleur pour Dames, comédie-vaudeville en un acte, par M. J. Renard. 1 »

La Tante Honorine, ou les Espérances, comédie en 3 actes, par MM. Alfred Duru et H. Chivot. 2 »

Un Ténor pour tout faire! opérette en un acte, MM. Varin et Michel Delaporte, mus. de M. V. Robillard. 1 »

Les Treize, drame en 5 actes et 6 tableaux, tiré du roman de Honoré de Balzac, par MM. Ferdinand Dugué et G. Peaucellier. In-18. 1 50

Les Trente-sept Sous de M. Montaudoin, comédie vaudeville en un acte, de MM. Labiche et E. Martin. 1 »

Les Tribulations d'un témoin, pièce en 3 actes, par M. Adrien Decourcelle. In-18. 1 50

Trois Hommes à jupons ou l'amour et la teinture vaudev. en un acte, par M. Carmouche. 1 »

Les Trous à la Lune, scènes de la vie parisienne en 4 parties, par MM. E. Brisebarre et E. Nus. 1 »

Les Truffes, comédie en 4 actes, mêlée de chant par MM. Ed. Martin et Alb. Monnier. 1 »

Les Vacances de Cadichet, vaudeville en un acte, par MM. Commerson et Henri Normand. In-18. 1 »

La Veuve Beaugency, comédie-vaudeville en un acte, par MM. H. Chivot et A. Duru. 1 »

La Vieillesse de Brididi, vaudeville en un acte, de MM. A. Choler et Henri Rochefort. 1 »

Les Virtuoses du Pavé, bouffonnerie musicale en un acte, par M. William Busnach, mus. de M. A. Léveillé. » 60

Le Voyage en Chine, opéra-comique en 3 actes, par MM. Eug. Labiche et Delacour, musique de M. F. Bazin. 1 »

Le Vrai courage, comédie en 2 actes, par MM. Belot et Raoul-Bravard. 1 »

La Vie de château, folie-vaudeville en 3 actes, par MM. Chivot et Duru. In-18. 2 »

V'là le Général, folie-vaudeville en un acte, par MM. Siraudin et Gaston Marot. 1 »

Le Wagon des Dames, comédie en un acte, par MM. Clairville et O. Gastineau. In-18. 1 »

Yvonne, opéra comique en 3 actes, par M. Scribe, musique de M. Limnander. Gr. in-8. 1 »

www.ingramcontent.com/pod-product-compliance
Ingram Content Group UK Ltd.
Pitfield, Milton Keynes, MK11 3LW, UK
UKHW012304240726
13966UKWH00004B/1625